RENÉ DES CHESNAIS

TIRE-D'AILE

> Je suis perdu... ma foi, tant pis!
> Voilà ma muse qui s'envole.
> Le spleen l'a prise en mon logis.
> Je suis perdu... ma foi, tant pis!
> Elle s'en va voir du pays
> A tire-d'aile, pauvre folle!
> Je suis perdu... ma foi, tant pis!
> Voilà ma muse qui s'envole.
>
> (PROLOGUE.)

PARIS

BRAY ET RETAUX, ÉDITEURS

82, RUE BONAPARTE, 82

1881

A TIRE-D'AILE

PARIS. — IMP. PILLET ET DUMOULIN

5, RUE DES GRANDS-AUGUSTINS, 5

RENÉ DES CHESNAIS

A TIRE-D'AILE

Je suis perdu... ma foi, tant pis !
Voilà ma muse qui s'envole.
Le spleen l'a prise en mon logis.
Je suis perdu... ma foi, tant pis !
Elle s'en va voir du pays
A tire-d'aile, pauvre folle !
Je suis perdu... ma foi, tant pis !
Voilà ma muse qui s'envole.

(PROLOGUE.)

PARIS

BRAY ET RETAUX, ÉDITEURS

82, RUE BONAPARTE, 82

1881

A LA MÉMOIRE DE MA MÈRE

A MON PÈRE

A CEUX QUI M'ONT APPRIS LE DEVOIR

A TOUS CEUX QUI DÉFENDENT CETTE TRIPLE CAUSE

LE CHRIST, LA FRANCE, LA LIBERTÉ

II

PROLOGUE

C'est un coup d'aile audacieux,
Le vol qui nous emporte aux cimes.
Le fier essor qui monte aux cieux,
C'est un coup d'aile audacieux.
Mais bien fol est l'ambitieux :
Les sommets penchent aux abîmes.
C'est un coup d'aile audacieux,
Le vol qui nous emporte aux cimes.

Je suis trop hardi, je le crains,
De m'aventurer dans la rime,
Triolets, sonnets ou quatrains.
Je suis trop hardi, je le crains.
L'imprudence mène aux chagrins ;
Témérité peut être crime.

PROLOGUE.

Je suis trop hardi, je le crains,
De m'aventurer dans la rime.

J'ai pourtant là des petits vers
Cachés au fond du portefeuille.
Les pieds boiteux vont de travers.
J'ai pourtant là des petits vers.
Il passera bien des hivers,
Avant qu'éditeur les accueille.
J'ai pourtant là des petits vers
Cachés au fond du portefeuille.

Mais ne t'envole pas dehors,
Jamais, jamais, petite muse.
Reste : dedans sont des trésors.
Mais ne t'envole pas dehors.
A qui plairas-tu, si tu sors ?
C'est moi seul que ta verve amuse.
Mais ne t'envole pas dehors,
Jamais, jamais, petite muse.

Sous l'ombre qui garde ton nid,
Reste aux amis les plus intimes.
Le Dieu des humbles te bénit
Sous l'ombre qui garde ton nid.
L'heure est joyeuse qui finit,
Comme un refrain, entre deux rimes.

Sous l'ombre qui garde ton nid,
Reste aux amis les plus intimes.

Nous causerons matin et soir :
Toi dans tes vers, moi dans mon âme.
Nous n'aurons point de penser noir ;
Nous causerons matin et soir.
Si le froid souci vient nous voir,
Nous le chaufferons à ta flamme.
Nous causerons matin et soir :
Toi dans tes vers, moi dans mon âme.

Je suis perdu... ma foi, tant pis !
Voilà ma muse qui s'envole.
Le spleen l'a prise en mon logis.
Je suis perdu... ma foi, tant pis !
Elle s'en va voir du pays
A tire d'aile, pauvre folle !
Je suis perdu... ma foi, tant pis !
Voilà ma muse qui s'envole !

1881.

II

A MGR MERMILLOD

ÉVÊQUE EXILÉ

Vous avez défendu le Christ et son Église.
Vous êtes le héros et le martyr. Salut !
Monseigneur, les vaillants sont ceux que rien ne brise,
Qui vont front découvert et marchent droit au but,
Et qui savent monter, sans redouter personne,
Du combat à l'exil, et de la terre au ciel.
Le monde impie et faux les hait : Dieu les couronne
    Ce sont les forts dans Israël.

Vous avez défendu le Droit et la Justice.
Le combat est partout ; l'avenir est l'enjeu.
La Révolution sanglante et corruptrice
Ameute à flots pressés les peuples contre Dieu.
Vous avez accepté cette lutte sans trève ;
Vous tenez fièrement l'épée à garde d'or.
Mais avant que la guerre atroce ne s'achève,
    Il faudra bien souffrir encor !

Partout, toujours, en tout, apôtre catholique,
Vous marquez le chemin : nous ne le perdrons pas.
Loin des calculs mesquins du cercle politique,
Nous avons votre exemple, et nous suivrons vos pas.
Vous nous ouvrez le livre où, sur la même page,
Le Seigneur écrivit nos devoirs et nos droits.
Aucun parti rival n'a reçu notre gage ;
    Notre seul drapeau : c'est la croix.

Pure des intérêts de l'avarice humaine,
Vierge des passions qui dégradent les cœurs,
Dans la région haute, où Dieu mit ses splendeurs,
Sans pâlir un instant, brille la foi chrétienne.
Que ce soit république, empire ou royauté,
Sans marier jamais leur ombre à sa lumière,
L'Église plane aux cieux, et ne descend à terre
    Que pour sauver la liberté.

1881.

III

L'ŒUVRE CATHOLIQUE

A M. Léon Gautier.

Oui ! le champ du labour est grand. Que nous importe ?
Il faut fendre ce sol, et que la moisson sorte
    Sous le travail et sous l'effort.
Dieu jette son apôtre à la face du monde
Et lui dit : « Lève-toi ! va, réveille et féconde
    La terre stérile qui dort ! »

Dieu nous donna la croix : la croix, c'est la puissance.
L'antique orgueil païen s'y brisa ; l'espérance
    Y fut clouée avec Jésus.
Le vent des siècles passe, et le vent la secoue :
La croix reste, et le vent ne roule dans la boue
    Que les socles des dieux vaincus.

Sabre de potentat, hache de populace,
Tout fer ou toute lame au jour marqué se casse :

Rien n'a rompu la croix encor.
Elle survit à tout, victorieuse et fière ;
Et l'ouragan s'en va, traînant dans la poussière
Bâtons de houx et sceptres d'or.

Ils dormaient, les césars, dans leurs palais impies,
Sur les peuples broyés, Majestés assoupies,
S'enivrant de l'encens des dieux.
Un jour, qu'ils savouraient quelque sombre espérance,
L'*Alleluia* d'en haut a troublé leur silence ;
La croix a passé devant eux.

Une peur lâche et folle a ridé leurs fronts pâles.
Alors, ils ont tué ; puis, satisfaits des râles
De l'humanité sous leurs pieds,
Ils se sont recouchés, croyant que les abîmes
Se comblent, et que Dieu laisse vivre des crimes
Que le sang n'a pas expiés.

Mais un barbare vint, jeune, fort, intrépide.
Il jeta dans l'égout leur couronne homicide
Et leur pourpe souillée au feu ;
Puis, il les souffleta, sur leur trône, à la joue,
Et les poussa, honteux, tête en bas dans la boue,
Au nom vainqueur de notre Dieu.

De quels rudes combats a retenti la terre !
Quels blasphèmes de rage et quels cris de colère

En vain ont insulté les cieux !
Et comme on entendit, d'un bout du monde à l'autre,
Aboyer et siffler, aux pas de chaque apôtre,
      Chacals et serpents furieux !

Il reste, à nous aussi, la bataille terrible.
Mais l'avenir vengeur, un par un, à son crible,
      Peuples et chefs, passera tout.
Laissons mugir la mer, laissons hurler la foule :
L'orage tombe. Après la haine, après la houle,
      La croix encor sera debout.

Nous la réveillerons alors, la vieille terre !
Nous, apôtres nés d'elle et fils de sa poussière,
      Nous l'aimerons pour la sauver.
Nous lui donnerons tout : l'air que le ciel respire,
La sueur du combat et le sang du martyre,
      Pour l'échauffer et la laver.

Nous irons relever l'humanité blessée
Dans la fosse fangeuse où la tient embrassée
      La meurtrière volupté.
Sa chair tressaillira d'une vie inconnue ;
Et nous lui jetterons sur son épaule nue
      La bure de la chasteté.

Puis si, quelque matin, la rancune païenne,
Dans le coin d'une rue à la mort nous entraîne,

Qu'importent et l'heure et le lieu?
Nous marcherons, front haut, sous le ciel magnifique,
Rendant au Christ martyr sa prière héroïque :
« Pardon pour l'homme, et gloire à Dieu ! »

1880.

IV

ANGÉLUS DU MATIN

A vous qui m'avez consolé.

Je connais une vallée
    Isolée,
Silencieuse et voilée
Sous d'épais ombrages verts.
Si paisible est sa retraite,
    Si discrète !...
On dirait que Dieu l'a faite
Pour la cacher aux déserts.

Une source blonde et pure
    Y murmure ;
Et son lit sur la verdure
Trace un long sillon d'argent.
Et l'amoureuse pervenche,
    Bleue ou blanche,
Sur le fil de l'eau se penche
Et la baise en souriant.

Il est des nids sous la mousse
    Molle et douce,
Et dans le bocage où pousse
La belle fleur d'églantier.
Il en est sur l'aubépine
    Blanche et fine ;
Il en est qu'au vent incline
La branche du noisetier.

Point de moulin, de chaumière .
    Mais derrière,
Sur l'herbe et sur la bruyère,
Tout là-bas, dans un recoin,
Avec sa flèche légère,
    Droite et fière,
Une chapelle de pierre
Veille, gardienne et témoin.

La chapelle est bien petite...
    Dieu l'habite.
Sous son ogive elle abrite
La croix et le bénitier.
Dans la nef du sanctuaire,
    Le mystère,
Grave, profond et sévère,
Dort à l'ombre du pilier.

Sitôt que la fraîche aurore
    Vient d'éclore ;

Quand l'horizon se colore
Des premiers reflets du jour ;
Dès qu'au matin l'hirondelle
    Ouvre l'aile,
La cloche de la chapelle
Sonne *Angelus* dans la tour.

Angelus ! c'est le cantique
    Catholique,
L'incomparable musique
De l'archange Gabriel.
Elle monte, chaste antienne
    Aérienne,
Et dans son vol nous entraîne
De la terre jusqu'au ciel.

C'est la fanfare vibrante,
    Eclatante,
Qui vient d'en haut et qui chante :
Gloria in Excelsis !
C'est aussi la voix de l'âme
    Qui proclame
Son salut à Notre-Dame :
Mater, ora pro nobis !

Quand la cloche se balance,
    Sa cadence
Est la note d'espérance
Que donne l'ange des cieux.

La cloche, c'est la prière...
Quand la terre
L'écoute, le monde espère,
Et l'homme lève les yeux.

Chante, *Angelus*, chante encore
A l'aurore !
Redis ton refrain sonore,
Ton gai salut du matin.
Chante toujours : tu consoles.
Tes paroles
Nous emportent où tu voles
Sur l'aile du séraphin.

Chante au soleil, à l'orage,
Au ramage
De l'oiseau sous le feuillage,
Aux fleurs qui parfument l'air,
Au rameau que le vent brise,
A la bise,
A la brume froide et grise
Des pâles matins d'hiver.

Chante au pauvre enfant sans mère,
A la terre
Qu'opprime le droit de guerre,
Au captif dans ses liens,
A l'humble vierge qui prie,
Au génie,

Aux vertus, à la patrie,
Au vieil honneur des chrétiens.

Chante à ce qui fuit et passe
    Ou s'efface,
Au temps rapide, à l'espace,
Au siècle qui va finir,
A ce qui peut disparaître
    Ou renaître,
Ce qui fut, est ou doit être :
Passé, présent, avenir.

Chante au monde qui s'incline
    En ruine ;
Et jamais, cloche divine,
Ne te lasse de chanter,
Pour que l'homme, esprit et cendre,
    A t'entendre,
Oublie enfin de descendre,
Et s'accoutume à monter.

1880

V

A VICTOR HUGO

Maître, je n'étais pas à la fête bruyante.
Je ne suis pas allé, le vingt-sept février,
Me mêler aux clameurs d'une foule mouvante.
C'est autre part que j'ai gardé votre laurier ;
Et, dans un sanctuaire où ne rira personne,
Sur votre front aimé j'ai posé la couronne.
Corneille fut bien haut : restons sur la hauteur.
Laissons à Rabagas la cohue officielle :
Il faut un panthéon à la gloire immortelle.
    Maître, à vous le salut d'honneur !

J'ai, tout enfant, appris de vous les grandes choses :
L'amour de la justice et du faible et de Dieu.
Vous me nommiez tout bas le soleil et les roses,
Les étoiles, la mer, la brise et le ciel bleu ;
Et, chevalier du Droit, je vous suivais, poète,
Et du monde avec vous je rêvais la conquête.
Votre voix, comme un luth s'éveillant dans mon cœur,
Quand devant moi passait l'ombre d'une misère

Me soufflait : « Oh ! sois bon ; fais le bien sur la terre ! »
    Maître, à vous mon salut d'honneur !

Vous bénissiez le Christ, dans un hymne magique.
Moi, j'adore le Christ ; et je voyais en vous
L'auréole des cieux rayonner magnifique,
Lorsque dans votre chant je priais à genoux,
Et que votre lyrisme, où vibrait l'espérance,
Jusqu'au divin Sauveur grandissait mon enfance.
Je sentais dans mon âme un immense bonheur,
Tant vos strophes disaient la France libre et fière,
Tant vos vers étaient doux en parlant de ma mère !
    Maître, à vous mon salut d'honneur !

La foi sainte du Christ n'est plus votre croyance.
Pourtant, même éloigné de notre camp chrétien,
Poète en cheveux blancs, vous avez pour l'enfance
Ce langage des cieux qu'elle comprend si bien.
Le pauvre est un enfant aussi : votre génie
A pour tous les petits des notes d'harmonie.
Pour ramener la joie ou venger le malheur,
Cent fois votre pensée éclatante et féconde,
Dans un rhythme splendide, a fait le tour du monde.
    Maître, à vous mon salut d'honneur !

Pour monter jusqu'à vous, si faible est mon hommage,
Que vous ne saurez pas peut-être qu'il est né.

Votre nom est trop grand, pour tenir dans ma page ;
Vous-même dans votre œuvre en vain l'avez signé.
Il n'est déjà plus vôtre, et, gloire populaire,
C'est le trésor commun de la patrie entière.
Car chaque nation prend un grand nom vainqueur :
L'Angleterre a Shakspeare, et l'Italie a Dante.
Comme ses sœurs aussi, la France est triomphante
    Maître, à vous son salut d'honneur !

Que n'êtes-vous resté poète catholique ?
Vous avez vu Judas, Hérode, Anne, Malchus,
Et Caïphe, et Pilate, et la foule cynique
Acclamer Barabbas et condamner Jésus.
C'était l'heure et le lieu d'être chrétien, cher maître,
Et de suivre le Christ, et de le reconnaître.
Ah ! poète, c'est là ma suprême douleur,
De ne point vous trouver au chemin du calvaire,
Et de ne pouvoir plus, sans réticence amère,
    Vous donner mon salut d'honneur.

1881.

VI

UN CURÉ

A A. Moser.

Là bas, là bas est la chaumière,
Dans le vallon, près du sentier.
De grands chênes, un mur de pierre,
Le puits à l'ombre d'un pommier.

On est bien là. C'est la patrie,
Foyer béni, cher nid d'oiseau !
Il faut, pour rafraîchir la vie,
Si peu de joie et si peu d'eau !

Les merles nichent dans la haie ;
Les chèvres vont à l'abreuvoir ;
Et, près du bois, dans l'oseraie,
Les hannetons volent le soir.

Les jeunes gars chassent la mouche,
Le papillon et le moineau.

On cueille, on croque à pleine bouche
La mûre aux buissons du ruisseau.

Et l'on s'ébat au clair de lune !...
Sur l'aire quand on a dansé,
C'est le tour de la cruche brune.
Tout ce beau temps est-il passé ?...

Les Allemands sont au village.
Dans les champs plus de laboureurs,
Plus de troupeaux au pâturage,
Et plus de rire dans les cœurs.

Laissons les merles dans la haie,
Laissons la joie, enfants ! Laissons
Les hannetons dans l'oseraie
Et les mûres sur les buissons !

Ils sont vingt-sept dans le village .
Vingt-sept chevaux, vingt-sept uhlans.
On étouffe des cris de rage;
Les chiens de ferme vont hurlants.

Vingt-sept uhlans ! Leur chef est rouge :
Rouge de poil, rouge de peau.
Tout tremble, quand son sourcil bouge.
Hier, ils ont brûlé le château.

Hier, la flamme, à deux kilomètres,
Dansait comme un grand feu follet :
Ils se chauffaient. Ils sont les maîtres :
Les Prussiens font ce qui leur plaît.

« Allons ! curé ! parle, vieux prêtre ! »
Hurle le uhlan rugissant.
« Dis-nous où tu caches le traître...
« Ou les corbeaux boiront ton sang. »

Le traître ! Un soldat de la France,
Un lignard de vingt ans, blessé,
Brisé, vaincu par la souffrance,
La veille au chemin ramassé !

Le curé se prit à sourire.
Le bon soldat est quelque part.
Le curé seul pourrait le dire...
Mais le curé n'est pas bavard.

« Ta tête, ou celle de ce traître ! »
Et le uhlan met, furieux,
Son pistolet au front du prêtre.
Le vieillard regardait les cieux :

« Mon crâne est assez blanc, je pense,
« Je le crois mûr pour le trépas

« Mais ce soldat est à la France,
« Et la Prusse ne l'aura pas ! »

Le Prussien est fou de colère;
Il vise à la tempe et fait feu.
Et le vieux curé roule à terre :
« Vive la France! France, adieu! »

1872.

VII

TARTUFE

Tartufe est maître. Il règne aux assemblées.
Dans la cohue, il pousse les mêlées.
    Le voyou l'applaudit.

Hier, je l'ai vu dans un carrefour sombre,
Le long des murs, furtif, glisser dans l'ombre
    Son vieux profil maudit.

T'en allais-tu piller quelque jésuite?
Où donc, coquin, accourais-tu si vite
    Comme un filou honteux ?

Tu t'ennuyais au fauteuil des ministres,
Et tu traînais aux ruelles sinistres
    Ton cadavre goutteux.

On t'a sifflé, l'autre jour, dans la ville.
Jamais voleur d'espèce basse et vile
    N'eut masque si blafard.

Tu vas partout quêter un bout d'hommage,
Sur les trottoirs jouant au personnage...
    Et tu n'es qu'un bâtard.

Que gâches-tu dans ta noire officine?
Tu tomberas un jour dans la sentine
    De quelque bouge infect.

Dans tous les lieux mal famés, vieil ivrogne,
Tu vas fourrer ta misérable trogne,
    Comme un goujat suspect.

Pas un taudis où l'on ne te rencontre,
Pas un égout où ton nez ne se montre;
    Cache-toi donc, pendard!

Dans quel ruisseau laverons-nous ton âme,
Quand il faudra que tu partes, infâme,
    Au trot du corbillard?

Tartufe est saoûl. Il dort sur sa pantoufle,
Au coin du feu. Mais là-bas, le vent souffle:
    Il fait bien froid dehors.

Sur son fauteuil, lui rêve de débauche.
Mais quelque chose est là qui passe et fauche
    Les vivants sur les morts.

C'est le virus qui dévore et qui tue,
Vengeur du crime auquel on s'habitue,
    Linceul·du libertin.

Il te prendra dans ton lit, mon bonhomme;
Il t'enverra de la vie au grand somme,
    Pourriture, un matin.

1880.

VIII

LA MANSARDE

A mes amis Guy et Germaine Plaut.

Il fait obscur dans la mansarde.
La lucarne ouvre sur la cour ;
Jamais le soleil n'y regarde ;
Pas un rayon au plus beau jour.

Un mauvais toit où le vent passe.
Des tas de haillons dans le fond.
Au travers, une poutre basse ;
Des fils d'araignée au plafond.

Une poussière grise à terre,
Un peu de paille en un coin noir.
La saleté de la misère !
La nudité du désespoir !

Et deux enfants sur cette paille !...
Leur sommeil lourd garde des pleurs.

L'âpre souffrance les travaille
Et les couche dans les douleurs.

L'atroce faim hante leur rêve,
Et les entrailles leur font mal.
Quand leur poitrine se soulève,
Leur souffle court est sépulcral.

L'aînée, elle a dix ans à peine.
On sent ce qu'elle a dû souffrir !
Sous sa vieille jupe de laine,
Il semble qu'elle va mourir.

Ils font pitié. C'est en décembre.
La bise, qui siffle au dehors
Par les trous, entre dans la chambre
Et fait trembler leurs pauvres corps.

Et lorsque la neige ou la pluie
Tombe des fentes du plafond,
Un baiser de la sœur l'essuie
Sur le frond pâle du garçon.

Ils sont là, dans l'hiver horrible,
Seuls tous deux, martyrs inconnus !
Contre le froid dur et terrible
Rien pour défendre leurs pieds nus.

Mais la fille a roulé sa robe
Aux épaules du plus petit,
Et contre son sein le dérobe
A l'air glacé qui le transit.

Lui s'est endormi dans la fièvre,
Et, les bras croisés sur son cœur,
A laissé s'entr'ouvrir sa lèvre
Sur la main froide de sa sœur.

1879.

IX

L'HÉRITAGE DE NAPOLÉON

A qui le léguiez-vous, Louis-Napoléon,
Ce vaste et beau pays, où la gloire d'un nom
    Dix-huit ans vous donna l'Empire ?
Dans ce large Paris, qui donc des prétendants,
Sur le trône vacant va s'asseoir dix-huit ans ?
    A qui votre dépouille, Sire ?

Qui donc va ramasser dans la boue et le sang,
Qui va poser enfin sur son front tout-puissant
    La couronne décolorée ?
A qui la pourpre en loque et le septre brisé ?
A qui la caisse vide et le peuple épuisé ?
    A qui la France déchirée ?

Louis-Napoléon ! Était-ce à l'orphelin
De prendre à votre doigt et de mettre à sa main
    L'anneau funèbre du plus digne ?
Sur la terre d'exil, quand vous dûtes mourir,
De Napoléon quatre, au loin, dans l'avenir,
    Aviez-vous cru lire le signe ?

Non ! non ! les orphelins ici ne règnent pas.
A d'autres nos faveurs, à d'autres nos vivats,
    A vos valets votre héritage !
Car nous n'avons d'amour que pour ceux qui sont forts,
Et nous ne laissons guère autre chose aux rois morts
    Qu'un trou dans la terre... et l'outrage.

Malheur, malheur et haine aux enfants des proscrits !
Sire, il ne fallait pas hors, de votre pays,
    Mourir ainsi dans l'infortune.
Nous ne saluons point ceux qui portent le deuil ;
Et, dans sa robe noire, à côté d'un cercueil,
    Votre veuve nous importune.

Ah ! quand il est tombé là-bas, au champ d'honneur,
Le prince impérial, ce jeune vaillant cœur,
    Loin de la France et de sa mère,
Avait-il jusqu'au bout gardé son cher espoir ?
A-t-il alors pensé qu'il ne pourrait avoir
    Sa tombe qu'en terre étrangère ?

Les sépulcres royaux, en France, sont détruits ;
L'âme de la patrie a quitté Saint-Denis.
    Nous biffons les saintes mémoires ;
Lâches profanateurs, nous jetons aux débris
Tous les grands souvenirs immortels du pays,
    Les vieux honneurs, les vieilles gloires.

Point de place chez nous pour les princes d'hier.
Respecter le passé, ce serait juste et fier :
    Nous n'allons pas si haut, nous autres.
Nous ne méprisons tant les drapeaux des aïeux,
Que pour, à notre tour, faire aux ambitieux
    De vils tapis avec les nôtres.

C'est la mode à présent que l'on chasse les rois,
Qu'on déchire un manteau, qu'on viole des lois
    Seulement pour changer de maîtres,
Qu'on casse tour à tour toutes les royautés,
Pour faire chaque fois des saintes libertés
    Le marche-pied de tous les traîtres.

La France et les Français sont un riche butin;
Et quand la mort brutale eut fini le destin
    De l'Empereur en Angleterre,
Pour fêter le trépas de ce Napoléon,
Tous les chacals, hurlant d'un appétit glouton,
    Ont bondi hors de leur tanière.

Ah! nous les avons vus à Chislehurst en deuil
Accourir pelle-mêle, autour du frais cercueil,
    Pour dérober le diadème.
Ils s'étaient accrochés au lit impérial;
Ils ont laissé tout nu dans son linceuil fatal
    Le vieux cadavre froid et blême.

Ils s'étaient attelés tous au noir corbillard.
Chacun voulait un bout du suaire, une part
     Des défroques que l'on restaure.
Ils s'étaient tous juré qu'ils seraient rois demain;
Ils ont ouvert la bière et tâté de la main
     La pourpre toute chaude encore.

Si nous avions voulu, pas un de vous, ribauds,
De nos libres remparts n'eût ôté nos drapeaux.
     Étrange peuple que nous sommes!
Quand donc deviendrons-nous soldats et citoyens?
Nous vivons à la chaîne, à la façon des chiens,
     Jamais debout comme des hommes.

Pour un os à ronger, on a tous nos vivats;
Pour un fouet dont on claque, on nous fait pas à pas
     Ramper et nous cacher par terre.
Nous mendions partout les miettes des banquets,
Les restes que nous font jeter par leurs laquais
     Quelques bouffons de Robespierre.

Le maître, c'est celui qui nous mène au bâton;
Le maître est toujours grand, le maître est toujours bon,
     Tant qu'il menace et qu'il gourmande,
Tant que dans notre gueule il serre bien les freins,
Tant que sa trique est dure et marque sur nos reins
     Les trois temps de la sarabande.

Nous avons deux amours : la corde et puis les couds.
Pour le premier faquin qui met son pied sur nous,
        Nous courons proscrire nos frères ;
Pour l'honneur d'atteler notre honte à son char
Ou de coucher aux pieds de Gambetta-César,
        Nous vendrions jusqu'à nos mères.

Mais, tandis qu'en un coin de l'immonde bazar,
A plat ventre devant votre pacha bâtard,
        Vous attendez le jour du bagne,
Faut-il donc, vils pendards dans la fange engraissés,
Que vous pilliez les biens de nos héros français,
        Napoléon et Charlemagne !

1880.

X

A PAUL DÉROULÈDE

Quel vaillant vers est le tien !
Sur le clairon tu le sonnes ;
La charge s'y marque bien.
A la note que tu donnes,
La foi ressuscite du cœur ;
On renaît à l'espérance,
Et l'on sent qu'un jour meilleur
Se lèvera sur la France.

Quand vous partiez aux combats
Au bruit de la canonnade,
Ton frère et toi, preux soldats,
Tu pensais : « Ce camarade
« Et moi, nous y resterons. »
Et ta marche était plus fière ;
Car vous portiez sur vos fronts
Le baiser de votre mère.

Tu te relevas des morts.
La Prusse a meurtri ta France ;

Mais la dette de vengeance,
Tu la signas sur ton corps.
Ah! cher blessé de la guerre,
Soldat français et chrétien!
Que j'aime, aussi moi, ta mère :
C'est son cœur qui fit le tien.

Et la paix ne s'est pas faite
Dans ton âme de vaincu,
Et ta vieille épée est prête.
Et le temps qu'elle a vécu
N'est qu'un prologue de haine;
Et le jour que Dieu voudra,
Tu marcheras capitaine
Au régiment qui vaincra.

Brave clairon, sonne encore
Pour les fils et les aïeux.
Remue aux veines des vieux
Leur sang qui se décolore;
Dis aux jeunes qu'ici-bas
La valeur hausse la taille,
Que le seul tombeau qui vaille
C'est la terre des combats.

A nos sœurs montre ta mère
Avec ses cheveux blanchis,
Afin qu'au jour militaire
Où s'armera le pays,

Quand, joyeux, au sacrifice
Leurs enfants viendront s'offrir,
Chaque mère les bénisse
Avant qu'ils aillent mourir.

1879

XI

RAPHAËL

A M. l'abbé Henri Flavigny.

Quand le jeune Tobie au foyer paternel
Reprit sa place un soir, après sa longue absence,
Le vieillard fit deux parts de sa fortune immense :
« Tous ces biens sont à vous, dit-il à Raphaël.

« Ce front pur a gardé le baiser maternel,
« Et vous avez greffé la foi sur l'innocence.
« Notre fils vous doit tout, honneur, vertu, vaillance :
« Il est parti *Jacob*, il revient *Israël*.

« Votre œuvre fut amour, sacrifice et prière.
« Dans ce cœur de vingt ans vous donnez à la terre
« Le trésor le plus riche et le plus précieux. »

Le guide, souriant, dans la main de la mère
Mit la main de l'enfant, et répondit au père :
« Je suis l'Ange gardien ; ma couronne est aux cieux. »

15 juillet 1880.

XII

AD SENIORES

« Plus de Christ! dites-vous. Depuis que le vieux monde
« Aux pieds de l'Homme-Dieu, comme un lion vaincu,
« Impuissant s'est couché dans sa cage et qu'il gronde,
« Depuis dix-huit cents ans, le Christ a trop vécu !
« L'impitoyable temps, qui jette toute chose
« Dans la fosse commune, et qui fit autrefois
« Descendre les césars de leur apothéose,
« Le temps, en ricanant, a soufflé sur les croix.

« Nous allons lui sonner, au Christ, ses funérailles.
« Il ne reste plus rien de son squelette blanc :
« Les siècles ont séché sa chair et ses entrailles
« Sur la croix, où le vent du soir passe en sifflant.
« Nous n'aurons pas besoin des gardes du calvaire
« Pour veiller au sépulcre et le mettre au linceul,
« Ni pour le déclouer du gibet séculaire.
« Au moindre coup de pied, il tombera tout seul.

« Quels disciples vraiment compte-t-il dans la foule ?
« Qui donc voudrait le suivre au martyre aujourd'hui ?

« Sous lui, de toutes parts, le sol tremble et s'éboule :
« Qui donc parmi les siens espère encore en lui ?
« Sa mère n'est plus là debout sur le calvaire ;
« Madeleine ni Jean ne le connaissent plus ;
« Nicodème et Joseph n'auraient plus de suaire
« Pour mettre au tombeau neuf le corps du Dieu Jésus..

« Ils croulent un par un, ses temples sans prières.
« Les vers en ont rongé jusqu'au cœur tout le bois ;
« La pluie et la tempête en ont disjoint les pierres.
« Allons ! le Christ est mort, et bien mort cette fois !
« Nous l'enterrons demain ; et nous ferons profonde,
« Si profonde sa fosse et son caveau si bas,
« Que les siècles futurs et tout le bruit du monde
« De l'éternel sommeil ne l'éveilleront pas. »

Et, sous le ciel de Dieu, ce *tolle* déicide
S'en va comme un refrain corrupteur et maudit ;
Et ce mot d'ordre a cours dans la foule stupide ;
Et la foule est contente, et la foule applaudit ;
Et, comme en leur chenil les chiens qu'un valet fouaille,
Mâtins, bassets, roquets, tous hurlent à la fois ;
Du grand jusqu'au petit, et bourgeois, et canaille,
A l'aboiement commun tous ont mêlé leur voix.

On a vu des vieillards dont les filles sont mères,
Des hommes pour qui l'âge est une dignité,

Avec leurs cheveux blancs, avec leurs fronts austères,
Traîtres au saint honneur de leur paternité,
Dans ce vil remuement et dans cette cohue
Descendre sans pudeur, y traîner leurs vieux ans,
Et battre dans leurs mains, quand les cris de la rue
Jettent au Dieu du ciel des défis insultants.

Et les fils de leurs fils, dont leur sang fut la sève,
S'en vont avec l'exemple et laissent le mépris
Sur le front de l'aïeul, peau ridée et qui crève.
On sait bien qu'après tout, quand ils ont compromis
Leur prestige sacré dans des clameurs coquines,
Quand ils n'ont plus l'honneur, tous ces pâles vieillards
Ne sont que des débris usés et des ruines,
Comme les pans de murs où dorment les lézards.

Vieillards, votre blasphème est honteux et cynique ;
Il est malsain pour vous : il ne nous tuera pas.
D'autres ont, avant vous, au temple catholique,
Et mieux que vous, livré de terribles combats.
Mais ils n'ont rien tué, rien détruit, et leur haine
Depuis dix-huit cents ans erre autour de nos croix.
Et nos croix sont debout, et la fierté chrétienne
N'est jamais descendue encore du pavois.

Elle ne mourra point. Votre folle colère
Dans l'ombre et le mépris ne la couchera pas.

Le Christ a rejeté le linceul et la pierre ;
Le monde jusqu'au ciel marchera sur ses pas.
Dans nos siècles troublés l'Homme-Dieu règne encore ;
Sa croix brille plus haut et plus loin qu'un drapeau.
Vous aviez mal scellé son sépulcre, et l'aurore
Ne l'a pas vu deux fois dormant dans le tombeau.

Feuilles mortes aux pieds de tout passant foulées
Fantômes d'une nuit dispersés au réveil,
Poussières du chemin aux quatre vents roulées
Ombres sur le pavé s'effaçant au soleil !
Secouez, secouez la colonne sacrée ;
Essayez à ce roc la force de vos bras.
Notre Église n'est point une désespérée ;
Avant de l'ébranler, vieillards, vous serez las.

Longtemps dans l'avenir, pour vos fils et les nôtres,
Les cloches sonneront du haut des grandes tours.
Vous vous hâtez trop tôt de croire les apôtres,
Ame et corps, tout entiers morts avec les vieux jours ;
Trop vite vous comptez, avant qu'elle succombe,
Combien d'âmes peut-être, à l'heure de l'adieu,
L'Église vous prendra du baptême à la tombe
Et ne laissera pas naître et mourir sans Dieu.

Ah ! voulez-vous savoir le nombre que nous sommes
De disciples du Christ ? Comptez en ce pays,

Comptez dans la douleur combien vous verrez d'hommes
A genoux, en pleurant, baiser le crucifix ;
Comptez par les chemins, dans la foule pressée,
Quand novembre nous rend ses jours tristes et froids,
Tous ceux qui vont, pensifs et la tête baissée,
Au bord des tombeaux verts prier devant les croix.

Vous n'avez donc pas vu, dans nos pèlerinages,
Aux montagnes là-bas et sous le beau ciel bleu,
Le vrai peuple français, comme autrefois les mages,
Cherchant la grotte sainte et glorifiant Dieu ;
Vous n'avez donc pas vu la France à Notre-Dame,
Pâques la grande fête et nos communions ;
Vous n'avez donc pas vu que l'Église, c'est l'âme,
La grandeur, la vertu, l'honneur des nations.

Ah ! vous ne prendrez pas nos croix dans nos demeures.
Bonheur de nos foyers, laissez-nous les bénir.
Dans ce monde égoïste, assez de tristes heures
Mettent le cœur à vide et nous feraient mourir.
Sur la route pénible où chacun suit son frère
Souvent sans le connaître et surtout sans l'aimer,
Laissez-nous notre foi, la foi dans la prière,
La foi, le seul espoir que l'on puisse nommer !

Le sol que nous foulons n'est que poussière et boue :
L'homme y glisse en marchant. Il se traîne ici-bas,

Au nord, au sud, le vent le frappe et le secoue.
Dans l'ornière fangeuse il tombe à chaque pas.
Point d'arbre à l'horizon. Sol nu, roches fatales.
Ne brisez pas, au moins, sous le ciel meurtrier,
Contre le lourd soleil et contre les rafales,
Les croix que l'on planta tout le long du sentier.

Sans vous, divin Sauveur, que deviendrait le monde?
Eux qui veulent tuer notre Église, insensés!
Ils chercheraient en vain, dans une nuit profonde,
Une dernière couche à leurs membres lassés;
Et si votre soleil s'éclipsait dans l'espace,
Au firmament sinistre, effrayant, inconnu,
La terre roulerait, ombre errante qui passe,
Au hasard son cadavre inerte, froid et nu.

Non! tu ne mourras point, vieille foi catholique.
L'*Alleluia* divin a tout ressuscité;
L'athée et le païen contre ta base antique
Ont usé leur rancune, et le Christ est resté.
Nuit et jour, la tempête impétueuse et folle
A battu ton navire à son ancre arraché;
Pauvre épave voguant sans voile et sans boussole,
Sur l'immense Océan tu n'as jamais penché.

Les révolutions laboureront la terre;
Chaque race au sépulcre à son tour descendra;

Empires, peuples, rois, tomberont en poussière ;
Arts, sciences, progrès, tout vivra, tout mourra ;
Car, dans le tourbillon terrible qui l'entraîne,
L'Univers au néant précipite ses pas.
Mais toi, tu viens d'en haut, sainte Église chrétienne.
Terre et cieux finiront. Toi, tu ne mourras pas.

1880.

XIII

LA BUCHE DE NOËL

BALLADE BRETONNE

A M. et Mme Julien Plaut.

Sur la route il gèle.
La neige est nouvelle.
    Quel hiver !
Dans la brume grise,
La méchante bise
Fait un bruit d'enfer.

Çà ! j'aime la flamme.
Allons ! bonne femme,
    Un gros feu.
Et tout à notre aise,
Les pieds sur la braise,
Chauffons-nous un peu.

Mais on n'est pas riche ;
La fortune triche
　　Quelquefois...
Et vous êtes vieille,
Et chez vous l'on veille
Bien souvent sans bois.

Elle eut un sourire
Et prit, sans rien dire,
　　En un coin,
Derrière la huche,
Une énorme buche
Gardée avec soin.

Et bientôt dans l'âtre
La flamme bleuâtre
　　Pétilla.
Bravo ! bonne mère ;
La nuit tout entière
Ce feu brûlera.

C'est que, dit la vieille,
C'est demain la veille
　　De Noël ;
Et la cheminée,
Une fois l'année,
Devient un autel.

Quand la messe sonne,
Alors que personne
    N'est au lit,
Jésus et sa mère
Dans chaque chaumière
Viennent à minuit ;

Et s'ils trouvent prête
La bûche de fête
    Au foyer ;
S'ils trouvent sur table
Le pain charitable
Qu'on prend sans payer,

Jésus et sa mère
Disent la prière
    Sur le pain.
Dès lors la misère
De cette chaumière
Perdra le chemin.

J'ai brûlé ma bûche ;
Le pain de ma huche,
    Le voici.
Tout ce que l'on donne
Au nom de l'aumône,
Jésus l'aime aussi.

Pèlerin qui passe
A toujours sa place
   Près du feu.
Chauffez-vous, pauvre homme,
Voyageur; c'est comme
Si je chauffais Dieu.

1881.

XIV

LA CHARGE.

Le village est sur la pente,
Derrière les peupliers ;
La rivière qui serpente
Roule les corps des guerriers.
Depuis le matin ils luttent
Dans le seigle et dans les prés,
Et ces braves se disputent
Une tombe en ces guérets.

Dans le ciel, sur la bataille,
Le soleil brille là-haut ;
La guerre atroce travaille
En bas sous son baiser chaud.
La fumée et la poussière
D'un nuage couvrent l'air.
L'homme est la faux meurtrière,
L'homme est la moisson de chair.

Là-bas les Prussiens farouches
Ont embusqué leurs canons.

La mort frappé par cent bouches
Droit au cœur des bataillons ;
Et sur la terre maudite
Nos lignards resteront tous...
L'infanterie est détruite...
O cuirassiers, vengez-nous !

Sous leur épaisse cuirasse
Les vaillants soldats sont prêts ;
L'acier brille dans la masse.
Les chevaux se sont serrés.
Ils attendent ; leur crinière
Va flottante sur leurs cous.
Sonnez la charge dernière...
O cuirassiers, vengez-nous !

Ils passent, éclairs rapides,
Les bons cuirassiers français.
Leurs escadrons intrépides
S'élancent, les rangs pressés.
Hardis, à la mort certaine,
Tous, ils courent les premiers.
Pas un traînard dans la plaine...
Ils chargent, nos cuirassiers.

Et dans l'armée allemande
Ils s'enfoncent, sabre en main ;

Et l'ennemi se débande.
Les nôtres font leur chemin;
Ils vont, ils vont à la gloire,
Et chevaux et cavaliers
Passent en tuant... Victoire!
Hourra pour les cuirassiers!

Mais, au bout de la prairie,
Les Prussiens ont le coteau.
Là-haut, c'est l'artillerie...
Cuirassiers! c'est le tombeau...
Et tout à coup la mitraille
Comme blé les a fauchés...
Et, le soir de la bataille,
Tous les nôtres sont couchés.

1872.

XV

MON LUTH

A vous encore.

Pourquoi ne l'avouerais-je ?
　　Je t'aime, ô mon luth !
Ce n'est pas sacrilège.
　　Je t'aime... mais chut !
Chut !... on pourrait m'entendre :
　　Je le dis tout bas.
Toi, tu sais me comprendre,
　　Mon luth, n'est-ce pas ?

Un ange avec toi chante,
　　Ange gracieux.
Toute étoile brillante
　　Est ta sœur des cieux ;
Toute fleur qui parfume
　　Est ta sœur d'ici ;
Tout rayon dans la brume
　　Est ton frère aussi.

Quand l'antique cithare
   Vibrait sous les doigts
D'Alcée et de Pindare
   Aux jours d'autrefois,
Les enfants d'Hellénie,
   Sous le grand ciel bleu
Adorant le génie,
   Croyaient voir un Dieu.

Quand Sapho la Lesbienne
   Laissait sur la mer
Errer, triste et hautaine,
   Son beau regard fier,
Sous sa main oublieuse.
   Sans jamais mourir,
La lyre harmonieuse
   Chantait à ravir.

Soyez bénis, Alcée,
   Pindare et Sapho !
Bien souvent ma pensée
   Surprit votre écho.
Mais mon luth, c'est mon rêve
   D'amour et d'espoir ;
Jamais rien n'y fait trêve,
   Ni matin ni soir.

Qu'à la brise qui passe
   Mon luth tremble un peu ;

Qu'il jette dans l'espace
    Une note à Dieu ;
Joyeuses hirondelles,
    Filles du printemps,
Vous repliez vos ailes
    Pour quelques instants.

Trop heureux qui peut suivre
    L'hirondelle en haut,
Monter toujours et vivre
    Dans le grand air chaud,
Prendre au gai météore
    Son rayon vermeil,
Et boire et boire encore
    La vie au soleil !...

Je ne pouvais plus vivre
    Hélas ! pauvre fol ;
Je ne savais pas suivre
    L'hirondelle au vol...
Tu m'as rendu la vie,
    Mon beau luth aimé ;
J'ai chanté mon génie,
    Quand je t'ai nommé.

Ange que Dieu me donne,
    Sois béni, mon luth !
Jamais ne m'abandonne.
    Je t'aime... mais chut !

Chut!... Le monde, à l'apprendre,
  Ne comprendrait pas.
Dieu seul doit nous entendre...
  Parlons, parlons bas.

                              1881.

XVI

LA FOULE

Quoi donc! La foule adulatrice,
Toujours rampante et le front bas,
A toute force corruptrice
Jettera ses hideux vivats!
Ainsi, n'acclamant que le crime,
Son insulte est à la victime;
Aux pieds de tout brutal vainqueur,
Couchée et le ventre par terre,
Elle épuise dans la poussière
Toute la sève de son cœur!

Quoi donc! toujours la même honte
Outragera le nom français;
Il faudra que la rougeur monte
A nos fronts déjà tant blessés;
Toujours l'impudence traîtresse
Imposera sa loi maîtresse
A la lâcheté du prêteur,
Enverra le Christ au Calvaire,

Et, sous le fouet du vieux Tibère,
Traînera tout au déshonneur !

Sur les ruines de l'Église
Ils voudraient défier le ciel ;
Puis au dompteur qui les maîtrise
Ils prostitueront notre autel ;
Et la populace, ivre et folle,
Porte son encens à l'idole,
Le dieu césar du lendemain.
Le dieu tend la main et récolte,
Et tient tout prêt pour la révolte
Un bâton dans son autre main.

C'est demain que viendra la lutte...
Le bâton ne suffira pas ;
Il faudra tomber, et la chute
N'aura jamais jeté si bas.
Et l'on verra dans la cohue,
Pêle-mêle, de rue en rue,
La meute qu'il nourrissait là,
Race vouée aux tyrannies,
Traîner Tibère aux gémonies
Et saluer Caligula !

1880.

XVII

ENTRE ZOUAVES

A M. le général de Charette.

C'était au plein cœur de l'hiver ;
Il faisait un vrai temps du diable :
Trois pieds de neige, un ciel couvert,
Une gelée épouvantable ;
Un temps à se blottir chez soi,
Pieds au feu, portes fermant toutes,
En pantoufles, bien chaud, bien coi ;
Pas un temps à courir les routes.

On avançait comme on pouvait,
Sac au dos, fusil sur l'épaule.
Sous la bise chacun suivait,
Et pas un ne trouvait ça drôle.
Où les menait-on de ce pas ?
Personne n'entendit de plaintes ;
Mais on s'interrogeait tout bas,
Et les jeunes avaient des craintes.

Car enfin, l'ennemi, c'est bon
Lorsqu'on entend la fusillade,
Lorsqu'on marche droit au canon ;
Mais cheminer quand l'embuscade,
Peut-être au revers des talus,
A chaque arbre, à chaque broussaille,
Cache des périls inconnus...
Non, ce n'est plus, ça la bataille.

Et puis, les vieux ne disaient rien,
Les vieux loustics de l'Italie.
Ah ! sans doute, ils se tenaient bien ;
Ils risquaient fièrement leur vie.
Mais eux, toujours blagueurs, ces vieux,
Toujours si prêts au mot pour rire,
Pour l'heure, ils allaient anxieux,
Entre les buissons, sans rien dire.

Même ils avaient parfois entre eux
Des regards de mauvais présage ;
Et chacun consultait leurs yeux,
Quand par exemple le passage,
Voilé par les brouillards lointains,
N'offrait dans la neige épaissie
Qu'une sente sous les sapins
Plus obscure et plus rétrécie.

Et les plus neufs, pâles, ma foi,
L'œil attentif, serraient les files ;

Et l'on sentait je ne sais quoi
Passer sur ces faces viriles.
Bien sûr, ce n'était pas la peur,
Ce n'était point la défaillance :
Car ils marchaient du même cœur,
Et ce cœur-là disait vaillance.

Mais ne point comprendre où l'on va,
Mais l'incertitude est terrible ;
Et sentir que la mort est là
Et ne point la voir, c'est horrible..,
Et cependant les bons soldats
Étaient jeunes, avaient leur mère ;
Et nul n'a reculé d'un pas,
Et pas un n'est resté derrière.

Mais quand les vieux voyaient un front
Se plisser sous l'inquiétude,
Alors au jeune compagnon
Tendant leur vaillante main rude,
Dans cette étreinte de soldats
Ils lui soufflaient cette espérance :
« Qu'importe de mourir là bas?...
« Ce qu'il faut, c'est venger la France! »

1872.

XVIII

A MON CARNET

Petit frère de mon crayon,
Mon vieux complice en toute chose,
Toi qui dans ma chambrette close,
    Mignon,
Veilles tout seul avec ma lampe
    Et moi,
Mon âme s'imprime sur toi;
Chaque page en est une estampe.
    Petit carnet,
    Sur ton feuillet
Ce qu'il me plaît d'écrire,
    Petit carnet,
Ne le laisse point lire.

Tu me suis dans la rue aussi.
Hors du logis, sur ma parole,
Ce que l'on voit est souvent drôle.
    Voici
Un gros citoyen à moustache,
    Jongleur,

Conseiller, maire et sénateur...
Si mon crayon était cravache,
    Petit carnet,
    S'il était fouet,
Ce qu'aurait la moustache,
    Petit carnet,
Que pas un ne le sache !

Quand passe un grand monsieur flûté,
Avec favoris et front pâle,
Air doucereux, tête vénale,
    Ganté,
Ruban neuf à sa boutonnière ;
    Tout bas
Je te souffle (ne le dis pas) :
« Ce valet, c'est un commissaire. »
    Petit carnet,
    Garde secret
Ce que je te confie ;
    Petit carnet,
Ne le dis de ta vie.

On me tendit un grand papier,
Lettre d'amour au ministère.
« Eh ! mon ami, qu'en faut-il faire ?
    — Signer.
Çà, je le signe avec ma botte,
    Pendard ! »

Il reçut mon pied... quelque part,
Et s'en fut rouler dans la crotte.
        Petit carnet,
          Sois bien discret ;
Ce qu'à ces gens je donne,
          Petit carnet,
Ne le conte à personne.

Le procureur et le préfet,
Depuis l'expulsion des Pères,
Ont juré haine aux monastères.
        Ce fait
Leur a valu profit et gloire ;
          Ils ont,
Avec un peu de boue au front,
L'un du ruban, l'autre un pourboire.
        Petit carnet,
          Pas de sifflet ;
Sauf au jour de justice,
          Petit carnet,
Cache, cache le vice.

L'autre jour, on nous invita
Dans un dîner à la campagne.
Au dessert, le vin de Champagne
        Sauta ;
Chacun but à son espérance,
          Sans fard :

César! César! César! César!
Nous deux, nous bûmes à la France...
    Petit carnet,
       Notre souhait
Dit tout haut ce qu'il pense ;
       Petit carnet,
Pour çà, point de silence !

    Petit carnet, veux-tu, partons...
    Tous ces gens là ne nous vont guère :
    Mieux vaut notre coin solitaire :
          Rentrons.
    Avec ma lampe, en ma chambrette,
          Mignon,
    Petit frère de mon crayon,
    Reprenons notre tête à tête.
          Petit carnet,
          Sur ton feuillet
    Ce que je viens d'écrire,
          Petit carnet,
    Garde-toi de le dire.

                    1881.

XIX

DEVANT LE CRUCIFIX

A Mme Amédée Le Menant des Chesnais.

Jésus! dans ta nuit d'agonie
Où tu vins souffrir et prier
A la grotte de l'olivier,
Tu sentis se briser ta vie;
Sous l'étreinte de la douleur
En vain tu crias vers ton père,
O Christ! et tu mouillas la terre
De ton sang et de ta sueur.

Cloué sur ta croix au Calvaire,
Lorsque tu vis la mort venir,
Tu baissas tes yeux pour bénir
Madeleine, Jean et ta mère;
Et tu léguas, divin martyr,
Dans ton testament à la terre,
Pour tes bourreaux une prière
Et ton pardon au repentir.

Et le soldat, témoin de ton râle suprême,
Entre ta mère et Jean écoutait ton adieu;
Il releva son front. Ton dernier cri vers Dieu
Sur ses lèvres glaça le rire du blasphème;
Dans ton regard éteint il vit mourir l'éclair;
Et sur tes pieds sanglants, la bouche encor collée,
Madeleine frémit, quand ton âme exhalée
Une dernière fois fit tressaillir ta chair.

Le sol du Golgotha trembla jusqu'à sa base;
Les coteaux d'alentour se fendirent soudain;
Et sous le poids d'un Dieu mourant qui les écrase,
Les vieux morts ont senti remuer le terrain.
Alors, jetant à bas leur pierre soulevée,
On les voyait marcher dans leur grand linceul blanc...
Mais tu montais à Dieu. La terre était sauvée,
Et la porte des cieux s'ouvrait aux fils d'Adam.

1876.

XX

PAYSAGE

A Mme Jonquier.

Tout est rentré du pâturage.
Un soir d'été, frais, pur, serein ;
Un temps parfait, pas un nuage.
La lune brille dans son plein ;
Et, dans le ciel profond, limpide,
Baigné de sa douce clarté,
Sur les coteaux, rond et splendide,
Plane son beau disque argenté.

La brise est morte dans la plaine ;
Et la cascade et le moulin,
Cadençant leur note lointaine,
Tour à tour jettent leur refrain ;
Et, sous les grands peupliers pâles,
On voit, dans le fond du tableau,
Entre leurs pieds, par intervalles,
Miroiter la lune dans l'eau.

Dans un bain de mate lumière,
Immobile dans sa blancheur,
La bourgade calme et sévère
Se détache sur la hauteur;
Et, tout le long de la terrasse,
Ses maisons, sur un fond obscur,
Dessinent leur toit et leur mur
Dans un jour froid comme la glace.

Au-dessus des murs et des toits,
Dans un angle de la bourgade,
Voici l'Église et sa façade,
Et son clocher avec la croix;
Légère et fine, elle s'élève
Droite sous le ciel bleu-cendré,
Comme une antienne qui s'achève
Ou comme un vol d'hymne sacré.

Le clair de lune l'illumine
Des scintillements de l'émail;
Sur le tertre qu'elle domine
Elle rayonne. Son vitrail,
Sous le vif reflet qui l'éclaire,
Semble vêtu de diamant
Et se jouer dans la lumière,
Ainsi qu'un prisme étincelant.

La pierre blanche se colore
D'un jaune ardent, joyeux et d'or...

La lune vient, rase le bord,
S'échancre, approche, approche encore,
Puis passe derrière la tour ;
Et soudain la voilà sereine,
A travers le clocher à jour,
Souriant d'en haut à la plaine.

Mais sous les noirs sapins, là-bas,
Un vieux rameau mort et qui penche,
Gîte des scops et des choucas,
S'est affaissé. L'énorme branche
Tombe à terre avec un bruit sourd ;
Et, lugubre, un chat-huant dans l'ombre
Jette un cri morne ; et son vol lourd
S'échappe effaré du bois sombre.

1876.

XXI

UN BAL

Ce soir, c'est bal à notre préfecture.
On y verra tout un luxe de choix :
Meubles plaqués, noblesse d'aventure,
Des présidents, et peut-être des rois.
Nous irons là, bien sûr, monsieur, madame.
Toilettes, danse, et succulent buffet,
Choses et gens, tout sera très bien fait.
N'ayez point peur. On ne perd pas son âme
Parce qu'on va dans les bals du préfet.

Et pourquoi donc fuir ces fêtes mondaines ?
Honneurs, plaisirs y coulent à foison ;
C'est une ivresse, et les sources humaines,
Au lourd soleil de l'ardente saison,
N'ont pas tari comme l'eau des fontaines.
Le monde marche. Il faut marcher aussi.
Pourquoi rester à l'écart, en arrière ?
L'indigent meurt : laissons-lui sa misère.
Va-t-en, canaille ! Il fait trop bon ici.

Lampes, cristaux, tenture magnifique,
Sur les plafonds de l'or et du clinquant,
Brillant orchestre et charmante musique.
Roulez, danseurs, sur le parquet craquant ;
Allons ! passez, suez, garçons et belles.
Cette sueur, il faudra l'essuyer ;
Cette poussière aussi, mes demoiselles,
Il faudra bien demain la balayer ;
Cette débauche, il faudra la payer.

Car cette vieille est là qui souffre et prie ;
Et cette femme en haillons pleure en bas ;
A votre porte, en dehors, on mendie ;
Et des enfants sur la paille pourrie
Meurent de faim et de froid, à deux pas.
Oh ! quand demain leurs maris et leurs pères.
A vos messieurs jetteront des pavés
Et casseront vos grands hôtels de pierres,
Demandez donc qui fait les incendiaires
Et quel bandit les aura soulevés.

C'est vous, c'est vous, madame la comtesse...
Hier, votre père était marchand de fer,
Pauvre d'argent, rude au labeur, pas fier ;
Et son travail a fait votre richesse.
Un noble gueux mit son nom sur votre or :
A votre bourse il fallait ce décor.

Et vous dansez au nez d'une pauvresse ;
Quelqu'un a faim, quand on mange chez vous.
Si Dieu réserve un front à ses grands coups,
C'est vous, c'est vous, madame la comtesse.

1880.

XXII

SILHOUETTE

C'est un très gros homme
Et fort mal appris,
Très puissant en somme.
          Tant pis !

De sale besogne
Il en fait si bien,
Qu'il n'a de vergogne
          Plus rien.

Il a fait emplette
D'un large fauteuil.
Ça bourre sa tête
          D'orgueil.

Il rêve de guerre,
D'empire et de tout ;
Mais il veut son verre
          Surtout.

Il s'agace et grogne,
Ce bourgeois barbu,
Tant qu'il n'a, l'ivrogne,
Pas bu.

C'est un très gros homme
Sorti d'un bazar.
On dit qu'il se nomme
César.

1881.

XXIII

UN CHAMP DE SEIGLE

A genoux à la croix de pierre !
Passants, ce sol est un tombeau ;
Nos soldats dorment sous la terre ;
Ce bout de toile est un drapeau.

Ils sont tombés pour la défense ;
Cette boue est sainte, à genoux !
Respect aux zouaves de la France !
Passants, passants, découvrez-vous.

Point de nom sur la croix de pierre ;
Ils sont trois cents sous ce terrain.
Ce champ n'est qu'un grand cimetière,
Tout engraissé de sang humain.

Ce fut un fier champ de bataille ;
Des géants dans chaque sillon ;
Le moissonneur fut la mitraille,
Les hommes étaient la moisson.

Il fallait voir pleuvoir les bombes,
Les obus voler en éclats,

Et les boulets creuser les tombes
Où se couchèrent nos soldats.

La mort rugissait homicide ;
Elle soufflait comme un clairon,
Jetant dans le limon humide
Tous les braves du bataillon.

Remuez, remuez la terre ;
Le soc y mord à belles dents.
Ce champ n'est qu'un grand cimetière ;
Ils sont trois cents couchés dedans.

Ce champ a bu le sang des nôtres ;
Le seigle a poussé dru depuis.
Les morts revivront dans les autres ;
Les pères ont laissé des fils.

Allemands, l'avenir se lève,
A vous hier, à nous demain ;
Le sang des morts est une sève,
Leurs tombes marquent le chemin.

Debout, debout sur nos ruines !
La France ne périra pas.
Les blés futurs ont leurs racines
Dans les crânes de nos soldats,

1873.

XXIV

LA LOTERIE

Certes ! c'eût été bien, quand au bruit de ses pas
L'étranger fit frémir la France tout entière,
Quand nos soldats, jetés en masse à la frontière,
Ou revenaient vaincus ou ne revenaient pas ;
Certes ! c'eût été bien de nous unir ensemble
Tous, la main dans la main, le cœur contre le cœur,
Comme un peuple vaillant que le danger rassemble
Et qui reste debout plus grand que son malheur.

Un cri de ralliement nous eût rendu la vie.
On ne l'a pas voulu. Nous pouvions nous sauver ;
Il fallait nous aimer pour grandir la patrie ;
L'alliance de tous devait la relever.
Il fallait s'embrasser ; il fallait que la haine
Entre frères vaincus fût laissée à l'oubli,
Et que, sous tant de sang dont on trempa la plaine,
Tout souvenir jaloux restât enseveli.

On ne l'a point voulu, car chacun dans ce monde,
Chacun fait à l'écart son nid de volupté.

Chacun vit d'égoïsme, et, loin qu'on leur réponde,
On étouffe les voix qui parlent liberté.
Qu'a-t-elle à faire avec une foi vigoureuse ?
Qu'a-t-elle à faire avec le droit et le travail,
Cette meute qui va, mendiante et peureuse,
Le soir, ronger son os aux portes du sérail ?

C'est une étrange chose ; et, depuis que l'Europe,
Sous un César de Corse, a vu notre pays,
Comme un cheval qui mord son frein et qui galope,
Courir tête baissée au travers des taillis,
Nous heurtons chaque jour dans notre course folle
Les pierres du chemin qu'on jette sous nos pas ;
Et toujours, pendant que notre sang s'étiole,
Nous courons, nous courons, et nous n'arrivons pas.

Charles dix n'était pas descendu de son trône,
Vous le brisiez à peine au cri de liberté,
Mes pères ; et déjà, ramassant sa couronne,
Vous mettiez à sa place une autre royauté ;
Et broyant sous leurs dents la pourpre déchirée,
Jappant sur les talons des ministres vaincus,
Les vainqueurs sans pudeur hurlaient à la curée
Jusqu'à ce qu'un par un ils tombassent repus.

Vous vous couchiez bien bas aux pieds du roi Philippe,
Le peuple se croyait rajeuni de vingt ans.
Quelle bouffonnerie ! Un vil lambeau de nippe
Qu'on agite dans l'air, et vous voilà contents...

Chacun gagne à son tour à cette loterie;
Et vous applaudissiez les gueux et les faquins,
Sans voir le dernier mot de cette jonglerie,
Sans voir ce qui couvait sous ces jeux d'arlequins.

Vous avez enterré quarante-huit dans la honte;
L'empire est, à son tour, tombé dans le néant.
Puis, dix ans sont passés. Depuis, rien ne remonte,
Rien encor n'a comblé son sépulcre béant.
Et nous, qu'avons-nous fait? Nous jouons sur sa tombe.
La loterie est là, chacun tire à son tour;
Et, vainqueur ou vaincu, qu'on triomphe ou succombe,
Chacun se dit : « Demain, demain sera mon jour. »

Ce fut un fameux jour que le quatre septembre!
En avez-vous assez applaudi les héros?
Au palais de Séjan vous faites antichambre;
Et vous tendez la main, et vous courbez le dos;
Et lui, pille le coffre; il met au clou la Presse,
Il tire de l'égoût des ministres penauds,
Il crache sur la France, et sa ripaille engraisse
Députés et préfets, policiers et journaux.

Et vous battez des mains, et, les poings sur le ventre,
Vous digérez au cri de : *Vivent les décrets !*
Et pendant ce temps-là, c'est la loi qu'on éventre,
C'est notre liberté que l'on tue à nos frais.
Qu'importe? nous avons des pavillons splendides
Et de gros revenus qu'on donne à des faquins;

Nous trouvons en haut lieu toujours des places vides
Pour asseoir des goujats et d'infâmes coquins.

Commissaires vénals et professeurs athées,
Tous y trouvent leur compte et tous prennent leur part ;
Bassesses de partout à la cour ameutées
Reçoivent du pacha le même doux regard ;
Gros bourgeois enrichis, cuistres opportunistes,
Démagogues ventrus, gens de toute couleur
Ont des cartes d'entrée et leur nom sur les listes
Qu'un contre sens nomma la Légion d'honneur.

C'est demain, c'est demain, qu'ils règneront sans doute.
Chacun a ses ribauds, chacun ses cantonniers,
Pour ranger devant lui les pierres sur la route ;
Chacun ses postillons et ses palefreniers.
Allons ! pâles filous, bandits, écume impure,
Qui donc va l'emporter ? qui donc sera César ?
Qui donc va restaurer l'ignoble dictature ?
Au ventre du pays qui mettra son poignard ?

Vous oubliez ceci, valetaille maudite :
La France compte encor plus d'un homme de cœur.
Ceux-là luttaient, mouraient ; et leur foule proscrite
Portait sac et fusil contre Bismarck vainqueur,
Lorsque Paris râlait dans un cercle de flammes,
Quand Strasbourg et quand Metz déjà n'existaient plus ;
Ceux-là, vous les chargez de vos haines infâmes,
Vous dont la lâcheté fit qu'ils furent vaincus.

6

Mais ceux-là ne sont pas de la meute officielle ;
Ils n'ont pas dans les dents les os de vos banquets,
Ils n'ont pas au chenil place dans la séquelle,
Ils ne vont pas, léchant les pieds de vos laquais.
Ceux-là n'ont point de carte à votre loterie ;
Ils n'ont pas tous couru, sur les pas des ulhans,
Pour mettre à nu le corps de la France meurtrie ;
Ils n'ont pas bu son sang, comme des loups hurlants.

Quand sur le sable chaud, sous le soleil d'Afrique,
Deux tribus du désert ont lutté corps à corps,
L'une s'éloigne avec la dépouille héroïque,
L'autre jonche le sol de blessés et de morts.
La nuit vient. Aussitôt les hyènes couardes
Courent se disputer dans l'ombre ce butin,
Fouillent le sang qui fume, et lâches et cagnardes
Se vautrent jusqu'au jour dans ce puant festin.

N'avez-vous rien laissé ? Nous reste-t-il encore
Quelque chose d'intact que vous n'ayez touché ?
Hyènes ! votre faim qui ronge et qui dévore,
A-t-elle tout fouillé, tout pris, tout épluché ?
La besogne sera faite, lorsque l'orage
Éclatera là-bas au bout de l'horizon ;
Mais quand tous auront pris leur part dans ce pillage,
En sortant, qui mettra le feu dans la maison ?

1880.

XXV

A MES ANCIENS ÉLÈVES

Enfant, regarde en haut, n'abaisse point tes yeux.
Que jamais rien de toi ne tombe sur la terre.
Prends la main de ton ange, et suis-le vers les cieux ;
Donne aux choses d'ici le vol de la prière ;
Ton travail, ton sommeil, ta gaîté, ta candeur,
Offre à Dieu tout. Pour lui laisse sonner chaque heure ;
Laisse, loin des méchants dont le vice t'effleure,
Ta jeune âme monter d'elle-même au Seigneur.

1877.

XXVI

LA GRAND'MÈRE

A Adrien Richon.

Deux grands mois qu'elle espère
La lettre du soldat...
La lettre ne vient guère :
Si loin est le combat !
La distance est immense,
Qui la rapprochera ?
La pauvre femme pense :
« Le garçon écrira. »

Il n'écrira, grand mère,
Ni demain ni plus tard.
Plantez au cimetière
Une croix au hussard.
Mais sous la croix pieuse
Il ne dormira pas...
C'est ailleurs que se creuse
Le tombeau des soldats

Faites du feu, la vieille,
Il fait bien froid dehors.
N'ayez peur qu'il s'éveille
Dans la fosse des morts.
Tout là-bas dans la plaine
Votre gars est couché ;
Dans les champs de Lorraine
La guerre l'a fauché.

Deux ou trois coups de crosse
L'ont jeté frémissant ;
Dieu lui donna pour fosse
Un sol trempé de sang.
La neige de la veille
Couvre déjà son corps...
La sentinelle veille ;
Laissez dormir les morts.

Ne parlez plus, grand mère,
De joie à votre seuil ;
Mettez à la chaumière
Un grand crêpe de deuil ;
Et pleurez, pauvre aïeule,
Et priez le bon Dieu ;
Car vous y mourrez seule,
Près du foyer sans feu.

1871.

XXVII

ANGÉLUS DU SOIR

A Philippe Mazoyer.

Sonne, sonne là-bas dans l'ombre,
Douce voix qui parles de Dieu !
Le pré s'endort sous le ciel sombre,
Le jour baisse et nous dit adieu.
Cloche, message de prière,
Écho de foi, d'amour, d'espoir,
Tu nommes les cieux à la terre...
Sonne toujours, cloche du soir !

Ave ! salut ! sonne la cloche.
Le soir, toute chose a sa voix :
La source parle sous la roche,
Le grillon chante au fond du bois,
La branche même est une lyre.
Mais rien ne sonne comme toi,
Cloche argentine qui viens dire :
Ave ! salut ! écoutez-moi.

Sonne, *Angelus!* sous la feuillée
L'oiseau du jour cherche un abri;
La hulotte, à peine éveillée,
Ouvre l'aile et jette son cri.
Le dernier rayon qui le dore
Pâlit au couchant et s'en va;
Et la cloche au loin sonne encore
Sa prière : *Ave Maria!*

Ave Maria! salut, Reine !
Le vent passe dans le clocher
Et va mêler sa voix lointaine
A la chanson du vieux berger;
L'insecte suit aussi la brise,
La feuille vole au vent du soir;
Mais à la tour de l'humble église
L'*Angelus* seul dit : au revoir !

1878.

XXVIII

LA VALLÉE

Six heures. Le soleil descend.
Il sera couché dans une heure.
Tout le jour il a bu du sang.
Il semble que la terre en pleure,
Tant le sable s'en est repu.
Car on l'a versé dès l'aurore,
Et, le soir, il en reste encore,
Et le soleil n'a pas tout bu.

A droite, à gauche, la montagne;
La vallée étroite au milieu;
Pas d'horizon, pas de campagne;
Un vrai terrain à coups de feu.
Un torrent y roule une eau rouge
Sur des cailloux ensanglantés...
Trente cadavres! Rien ne bouge.
Trente! La mort les a comptés.

Trente cadavres sur la berge,
Vingt-trois Prussiens et sept Français,

Pêle-mêle à terre entassés.
Ici, là, quelque tête émerge ;
Un bras, un pied pend hors du tas ;
Des entrailles sortent d'un ventre ;
Un bout de baïonnette y rentre.
Ces lambeaux-là sont des soldats !

De la chair aux pierres collée
Frémit à l'âpre vent du soir,
Et les parois de la vallée
Ont du rouge sur leur fond noir ;
Des morceaux d'homme à gauche, à droite ;
Cette vallée est trop étroite ;
Du sang, du sang dans le sentier ;
On y glisse dans un charnier.

Hier, la vallée était joyeuse :
L'eau s'y filtrait sur un lit blanc,
La lumière y dansait rieuse,
Chaque cadavre était vivant.
Hier, tout là-bas, loin dans la plaine,
Ces jeunes gens marchaient au pas...
Ce soir, c'est de la fange humaine,
Ces lambeaux-là sont des soldats.

Debout, debout pour la patrie !
Ces enfants s'étaient appelés.
Vite là-haut pour la tuerie !
Les fusils furent épaulés.

On se cacha dans les broussailles;
Ils étaient sept, ni plus, ni moins;
Mais on n'a pas peur des batailles :
Ces rochers en seront témoins.

Voici l'ennemi. Chut! en garde....
Pas un souffle dans le buisson.
Ils attendaient... quelle moisson!...
L'oreille écoute, l'œil regarde...
Trente Prussiens à démolir!
Sept travailleurs!... c'est de l'ouvrage.
Un contre quatre. Allons courage,
Vive la France! on sait mourir.

Ils se sont tous signés ensemble;
Puis ils ont regardé la mort...
En joue!... aucune main ne tremble.
Seul le cœur bat un peu plus fort;
Car enfin ces mâles poitrines
Cachent au fond de jeunes cœurs..
Demain,... ce soir,... quelles ruines!. .
La tombe, ici!... chez eux, les pleurs! .

Là-bas, là-bas, c'est le village.
Là-bas, là-bas, on les attend...
Ah! les femmes ... que de courage
Il faut!... Elles pleureront tant!...
Entre la famille et la terre,
Double patrie, il faut choisir;

Là-bas, là-bas, leur vieille mère ;
Ici, la France... Ils vont mourir.

Bas la Prusse ! Vive la France !
Joue et feu... Bien visé ! Hourra !
Allons ! Prussiens, entrez en danse.
Tant qu'ils viendront, on les tuera.
Sept Prussiens sont sur la poussière ;
Sept coups tirés, sept Prussiens morts.
Sus aux autres ! Debout ! en guerre !
Les loups souperont de leurs corps.

Ils ont bondi hors des broussailles
Sur l'ennemi déconcerté.
Le coup de grâce à ces canailles !...
Alors on s'est précipité.
Une charge à la baïonnette ;
Quand on est jeune, on tape bien.
Frappez ! La crosse sur la tête,
Le fer au ventre du Prussien !

Et les coups vont. C'est une pluie ;
On a du cœur, on a des bras,
Le sang coule sans qu'on l'essuie.
Ils luttent là, trente soldats,
Vingt-trois de Prusse et sept de France,
Corps à corps, au fond du vallon.
Point de merci, point d'espérance !
Tuer, mourir, ce n'est pas long.

Une heure dura la tuerie.
A coups de poing, à coups de fer,
Une heure on déchira la chair.
Ah! qu'on cognait avec furie!
Les cadavres tombaient en tas...
Des morceaux d'homme à gauche, à droite...
Cette vallée est trop étroite;
Ces lambeaux-là sont des soldats.

Et quand la mort fut assouvie,
Sept hommes se sont relevés;
Trente sont là couchés sans vie...
Mères! vos fils sont-ils sauvés?
Les corbeaux ont un cri sauvage;
Là-bas, là-bas hurlent les chiens;
Des blessés rentrent au village.
Ils sont sept... ce sont des Prussiens.

1872.

XXIX

M. LE COMMISSAIRE

Monsieur le commissaire,
Quand vous étiez gamin,
Vous aviez la voix claire,
Vous chantiez au lutrin.

Un bon révérend Père
Vous montrait en latin
Les chants de la prière
Qu'on dit chaque matin.

Dans le grand monastère
Vous aviez gîte et pain,
Bon logis, bonne chère,
Et des sous plein la main;

Vous fîtes votre affaire,
On vous mit en chemin.
Vous êtes commissaire
De par un capucin.

Le sort pour vous prospère
Le serait-il en vain ?
Aux moines pour salaire
Que donnez-vous enfin ?

Voyez-vous haute et fière
La croix dans le lointain ?
Au vieux couvent austère
N'irez-vous pas demain ?

Le site solitaire
Est coupé d'un ravin ;
Et la marche est légère,
Et le beau temps certain.

Mais un long mur sévère
Entoure le jardin,
Et la porte de pierre
Se referme soudain.

Pour qui cette barrière
Et ces verrous d'airain ?
De quel filou vulgaire
Craindrait-on le larcin ?

Ouvrez, ouvrez, bon frère,
N'ayez peur ni chagrin ;
C'est ce monsieur naguère
Qui chantait au lutrin.

N'ouvrez pas ! c'est la guerre
Qu'apporte ce coquin...
Monsieur le Commissaire,
Vous êtes un gredin.

1880.

XXX

LA TEMPÊTE

Il fait si noir sur le rivage
Qu'on ne voit rien à quatre pas.
Lourde atmosphère, un temps d'orage,
Ecoutez l'ouragan là-bas.

C'est un vent fatal qui se lève,
Poussant contre les rochers gris
Les hautes lames. C'est la grève
D'où s'échappent d'étranges cris.

La mer s'irrite, grosse et folle ;
La côte a des échos de mort.
A la Tempête la parole !...
Pêcheurs, pêcheurs, veillez à bord.

Quand la mer est ainsi mauvaise,
Pauvres femmes des matelots !
Elles sont là sur les falaises,
Pâles, pleurant, l'œil sur les flots.

Et le firmament sur leur tête
Semble écrasant, tant il est bas ;
Et l'on entend dans la tempête
Gronder des bruits sourds comme un glas.

La nuit a des éclairs terribles.
Les nuages, se poursuivant
Comme des fantômes horribles,
Du Nord au Sud courent au vent ;

Et les oiseaux passent, funèbres,
Sur les grands récifs de la mer,
Jetant, au profond des ténèbres,
Leur lugubre sifflet dans l'air.

L'effroyable tourmente approche ;
La vague est énorme soudain,
Se rue et bondit sur la roche...
Et la foudre roule au lointain

L'ouragan lâche sa colère
Toute libre enfin sur la mer,
Et le premier coup de tonnerre
Eclate avec un bruit d'enfer ;

Et les éclairs se précipitent ;
Leurs traits de feu brûlent les flots.
Dans les tourbillons qui l'agitent,
L'Océan hurle des sanglots.

Et les coups de foudre vont vite;
Des abîmes s'ouvrent affreux,
Et les oiseaux marins en fuite
Gémissent sous les rochers creux...

Et dans la nuit, et sous l'orage,
Priant pour ceux qui sont partis,
A genoux sur le noir rivage,
Des femmes pleurent leurs maris.

1875.

XXXI

UN JÉSUITE

Aux Proscrits de 1880.

« Qui voudra servir ma messe demain ? »
Car le lendemain était un dimanche,
Et leur aumônier montrait de la main
Le clocher aigu de l'église blanche.
C'était un dimanche, ils le savaient bien ;
Mais les francs-tireurs ne répondaient rien.

L'église était proche, au bout de la côte,
Au bord du chemin, derrière les bois ;
De tout l'horizon, tant elle était haute,
On apercevait sa flèche et sa croix.
On eût vitement franchi la distance.
Mais les francs-tireurs gardaient le silence.

La route était bonne, il faisait beau temps.
Sans doute on pourrait aller à l'église,

Voir en habit neufs les vieux paysans,
Entendre chanter, sous la voûte grise,
Les filles du bourg autour de l'autel.
Mais que voulez-vous ? Peut-on croire au ciel ?

L'aumônier, au fond, était un brave homme,
Un gaillard solide et qui marchait bien.
On le connaissait, et c'était, en somme,
Un cœur bien trempé... quoiqu'il fût chrétien.
Avec le képi, quel troupier d'élite !
Mais que voulez-vous ? *c'était un jésuite...*

On aurait voulu lui faire plaisir ;
Car il était crâne, et dans la bataille
Il n'avait jamais eu peur de mourir.
Il l'avait prouvé devant la mitraille
Avec les soldats qu'il accompagnait.
C'était un vaillant, on s'en souvenait.

La première fois qu'on le vit paraître,
(On était alors loin des ennemis),
En avait-on ri de ce pauvre prêtre,
Avec sa soutane et son crucifix !
Il ne rougit point, mais n'osa rien dire.
On s'en souvenait : ce fut un fou rire.

Mais quand on le vit, en priant tout bas,
A pied, dans les rangs, suivre comme un autre,

Avec son air franc et sa marche au pas,
Sa barbe de zouave et son front d'apôtre,
Doux et charitable, et sans rien blâmer,
Tout ce monde-là se prit à l'aimer.

Et quand il venait, avec son bréviaire,
Goûter à leur pain, tout comme un soldat,
Parlant dévouement, patrie et combat,
Et leur demandant le nom de leur mère,
On ne disait rien ; mais, au fond du cœur,
Tout ce monde-là se sentait meilleur.

Or, quand, ce soir-là, le Révérend Père
Vit qu'on se taisait, il n'insista pas ;
Il alla tout seul, comme à l'ordinaire,
Dire, au grand matin, sa messe là-bas.
Mais eux, ils pensaient avec un sourire :
« Il a l'air de croire à ce qu'il va dire ! »

Ah ! s'il y croyait !... c'était un naïf,
Un de ces ardents que le cœur inspire,
Enfant à trente ans, pur, loyal et vif,
Qui bénirait Dieu d'aller au martyre.
Vrai ! quand il priait, ce prêtre soldat
Avait l'air de croire à l'apostolat.

Et, cinq jours après, la pauvre bourgade
Était mise en feu par les Bavarois.

Le crépitement de la fusillade,
Sinistre et mortel, siffla dans les bois;
Et les Bavarois, la bourgade prise,
Mirent leurs chevaux dans la blanche église.

Certes, nos Français avaient bien lutté,
Et jusqu'à la nuit. Trois cents contre mille,
C'était bien déjà d'avoir résisté.
Ah ! plus tard... alors ce sera facile...
Mais il faut partir, partir au plus tôt.
Et les Bavarois regardent là-haut.

Et le lendemain était un dimanche.
Et déjà la tente allait se plier.
Quelqu'un passe alors. C'était l'aumônier.
Avec sa voix mâle et sa tête franche,
Il vint souriant et leur dit soudain :
« Qui voudra servir ma messe demain ?

« Dimanche, j'ai dit ma messe à l'église,
« Et pas un de vous n'osa la servir.
« Vous n'en vouliez point. L'ennemi l'a prise.
« Moi, j'y vais demain. Qui veut y venir ?
« Car, je l'ai juré, j'y dirai la messe...
« Qui veut la servir ? Je tiens ma promesse ! »

Et le lendemain, l'aumônier partait;
Et je ne sais pas ce qu'on allait faire.

Mais le bataillon au pas l'escortait,
Fusil sur l'épaule, et marche guerrière ;
Et l'on ne parlait plus qu'à basse voix ;
Et chaque soldat rampait sous les bois.

A midi, la place était reconquise,
Et les Bavarois fuyaient éperdus.
Et les francs-tireurs s'étaient bien battus,
Et le bon jésuite, au fond de l'église,
Célébrait sa messe en face de tous...
Et chaque soldat priait à genoux.

1874.

XXXII

CE QUE J'ESPÈRE

A M. Jules Simon.

Ce que j'espère, ô mon pays !
C'est le terme de la conquête,
C'est la honte des ennemis,
C'est le payement de notre dette,
C'est le revoir, c'est le retour,
C'est la fierté, c'est la vengeance,
C'est Metz repris, c'est ce beau jour
Qui remettra l'Alsace en France.

Ce que j'espère, ô mon Pays,
C'est un caractère héroïque,
Un autre Vercingétorix,
Un sang fier, un gaulois antique,
L'audace au front, le glaive en main,
Et cœur vaillant sous sa cuirasse,

Montrant aux Césars d'Outre-Rhin
Que la France a gardé sa race.

Ce que j'espère, ô mon Pays,
C'est dans ta main victorieuse
Ta durandal et ta joyeuse
Hors du fourreau ; ce sont tes fils
Laçant le haubert et le heaume ;
C'est Rolland et c'est Ollivier
Chassant, au vent de leur cimier,
Les Saxons païens de Guillaume.

Ce que j'espère, ô mon Pays,
C'est une lame bien trempée.
Un chef chrétien, un saint Louis,
Foi catholique et bonne épée,
Mettant la Prusse hors de Strasbourg,
Et ralliant sous sa bannière
Les vétérans de Taillebourg
Contre toute horde étrangère.

Ce que j'espère, ô mon Pays,
C'est Duguesclin, fils de Bretagne,
A coups de fouet, dans leurs chenils
Poussant les héros d'Allemagne ;
C'est notre sœur, c'est Jeanne Darc.
La Vierge martyre et chrétienne,
Arrachant aux dents de Bismarck
Notre Alsace et notre Lorraine.

Ce que j'espère, ô mon Pays,
C'est un Bayard, terrible au lâche,
Sauvant nos régiments trahis,
Debout tant que dure sa tâche ;
Enfin tué, mais non vaincu,
Fort contre la mort qui l'approche,
Expirant comme il a vécu :
Soldat sans peur et sans reproche.

Ce que j'espère, ô mon Pays,
C'est ta confiance immortelle,
Même hélas ! sur ton sol conquis.
Au saint espoir restant fidèle ;
Ce que j'espère, ô mon Pays,
C'est, aux heures de la souffrance,
En réponse aux haineux défis,
Un Villars qui sauve la France.

Ce que j'espère, ô mon Pays,
C'est un Hoche, fier, magnanime,
Étranger aux traîtres partis,
Doux aux vaincus, sévère au crime,
Pur de basses ambitions,
Gardant sans tache et défaillance,
Aux époques de passions,
L'honneur militaire de France.

Ce que j'espère, ô mon Pays,
C'est le dévouement militaire

Au cœur des jeunes, des conscrits
Qu'on arrache aux bras de leur mère ;
C'est ton peuple uni, calme et grand,
C'est l'oubli des viles rancunes,
C'est ta nation conquérant
Sa gloire dans ses infortunes.

Ce que j'espère, ô mon Pays,
Ce sont les haines fratricides
Eteintes à jamais ; et puis,
Et surtout, les baisers perfides
Lavés aux front qu'ils ont flétris,
Les adulations coupables
Mises au jour, et le mépris
Aux rampements des misérables.

Ce que j'espère, ô mon Pays,
Nouveau Lazare, c'est toi-même
Hors de la tombe où l'on t'a mis ;
C'est ton retour à ton baptême,
Aux croyances des temps heureux,
Au vieil honneur de la prière,
A la foi mâle des aïeux,
A l'Église qui fut ta mère.

Ce que j'espère, ô mon Pays,
C'est ton peuple n'ayant qu'une âme,
N'ayant qu'un cœur ; ce sont tes fils,
Tes ouvriers, dans Notre-Dame,

En face du grand crucifix,
Frères dans la même espérance,
Chantant au Christ, ô mon Pays,
Le *Te Deum* pour notre France.

1879.

XXXIII

PAGE D'ALBUM

A Mme Van Zandt

Gardons l'étoile aux cieux,
  Le lis au parterre,
Le rayon dans les yeux,
  L'enfant à sa mère.
Parfum, vie et lumière
  Du cœur maternel,
Un enfant sur la terre
  Est un ange au ciel.

La tige est la plus belle
  Où sourit la fleur...
Ferme, ferme ton aile,
  Beau cygne nageur.
L'homme est un voyageur
  Qui va sans boussole ;
Bon Ange conducteur,
  Jamais ne t'envole.

Sur les vagues des mers
   La barque est bercée;
Dans mille coins divers
   Erre la pensée.
La barque n'est fixée
   Qu'aux anneaux du port ;
Notre âme n'est lassée
   Qu'au jour de la mort.

Mais à toutes les choses
   Dieu mit un destin ;
Le parfum est aux roses
   Et l'aube au matin ;
Sans perdre le chemin,
   A son nid fidèle,
De l'horizon lointain
   Revient l'hirondelle.

Mon Dieu, laissez à tous
   Leur part sur la terre;
Dans la nuit donnez-nous
   Un peu de lumière.
Gardez à la prière
   Son hymne d'espoir,
La fraîche brise au soir,
   L'enfant à sa mère.

1881.

XXXIV

JUVÉNAL

Juvénal, tu dormais dans ta Rome pourrie ;
Et ton rêve, évoquant en fantômes hideux
Tous les vices mortels qui tuaient ta patrie,
Tout vivants et tout nus les jetait sous tes yeux.
La débauche publique et l'infamie obscure,
Cynisme, trahisons, bassesses, lâchetés,
Et le peuple, et César, et la noblesse impure,
Égaraient dans ta nuit leurs spectres effrontés.
Le monstre te fit peur. Tu secouas ton rêve,
Tu voulus en chasser le souvenir fatal.
Vains efforts ! Du dégoût que la honte soulève
Quand tu sentis ton cœur battre à te faire mal,
Alors tu reconnus l'empire à son image ;
Tu vis, blême d'horreur, le ver qui le rongea
Le fouiller jusqu'à l'os ; et tu pleuras de rage.
Ta Rome allait mourir : elle râlait déjà...
Que ne regardais-tu plus haut que tes pensées ?
N'avais-tu pas un souffle assez fort pour monter ?
Aucun vent d'Orient ne venait t'apporter

Les parfums purs des fleurs qu'il avait caressées ;
Aucun éclair jamais dans ta sombre douleur ;
Rien qui fît un instant sourire ton vieux cœur ;
Pas un rayon d'espoir pour ranimer ta flamme ;
Pas une goutte d'eau pour rafraîchir ton âme.
Ton siècle, Juvénal, avait trop chauffé l'air :
Tu sentais sur ton front souffler un vent d'enfer.
En vain tu demandais, après de tels orages,
Sa rosée à la terre et leur pluie aux nuages.
Toujours soleil mortel sur le pavé romain,
Desséchant jusqu'au sang les germes de la vie ;
Jamais brise du soir, que le ciel eût bénie,
Dans l'air en fusion de ce climat d'airain.
Au creux des vieux rochers la source était tarie ;
Jamais d'ombre, jamais une goutte de pluie
Pour désaltérer l'homme et tremper le terrain.
Le soc ne mordait plus, si dure était la terre !
Le passant désolé se couchait en chemin ;
Les montagnes séchaient et tombaient en poussière.
Le dernier jour du monde était enfin levé ;
L'univers secouait son front dans l'agonie ;
La vie avait vécu, la vie était finie...
C'était vrai, Juvénal ! Tu n'avais point rêvé !

1880.

XXXV

DIX-HUIT CENT QUATRE-VINGT

Quel nom faut-il, infamie ou sottise,
A cette date impuissante, indécise,
    Dix-huit cent quatre-vingt?

Il se pourrait qu'on lui fît deux chapitres,
Et qu'à bon droit, sous l'un et l'autre titres,
    L'histoire s'en souvînt.

La honte en prend, et c'est un vrai scandale
De voir ainsi l'ordure qui s'étale
    A son aise au grand jour.

Sur le pavé, dans une ivresse folle,
L'orgie immonde avec la carmagnole
    S'embrassent tour à tour.

Le vice est roi sur les places publiques;
Les grands chemins sont des halles cyniques;
    La fange est au rabais.

8

Et tout crétin, qui veut prendre du ventre,
Dans l'impudeur jusqu'au nez plonge et rentre :
    Et ça lui sert d'engrais.

L'honneur s'en va comme un fonds de boutique ;
Sur le marché, le parvenu trafique
    Son âme au plus bas prix.

L'impur faquin à tous les coins se montre.
Choses et gens, le regard ne rencontre
    Que dégoût et mépris.

Regardez donc, sur le trottoir des rues,
Tous ces pantins valsant avec des grues
    Dans un royal décor.

C'est Arlequin à qui Pierrot fait place ;
L'épée au flanc, Polichinelle passe
    Avec des galons d'or.

Quel est ce turc, tout rouge et hors d'haleine,
Gros et ventru comme un bœuf qu'on promène
    Au jour de carnaval?

C'est le pacha, fait d'absinthe et de graisse ;
Derrière lui, s'avance son altesse
    Le marquis général.

Va! ces poseurs ! dit un loustic en blouse,
Tout ça, c'est rien. Gonflement de ventouse!
    J'en sais qui sont plus gras.

Mais Trissotin en bel habit parade;
Et Greluchet, son plus cher camarade,
    Se pavane à son bras.

Au coin du pont, les deux poings sur les hanches,
Dans un gros tas de gars en blouses blanches,
    C'est la mère Michel ;

Et la bacchante a des airs de déesse,
Et fait de loin sa nique vengeresse
    Au Bacchus officiel.

1881.

XXXVI

REGINA CŒLI, LÆTARE

A M. Louis Veuillot.

Regina cœli, lætare.
Alleluia! Salut, ô Reine!
Nos pères vous ont consacré
Notre France, terre chrétienne.
Nul vrai Français ne l'oublia ;
La nation n'est point parjure.
Vierge des cieux, gardez-la pure.
Vive la France! *Alleluia!*

Restons un peuple catholique ;
Que le Christ seul soit notre roi.
Gardons la devise héroïque :
Patriotisme, honneur et foi !
Marchons à la grande lumière ;
Tout l'horizon s'est éclairé.
N'abaissons pas notre âme fière.
Regina cœli, lætare!

Les jours mauvais viendront sans doute ;
Peut-être il nous faudra demain,
Arme au poing, faire notre route
Sur un terrible et dur terrain.
Mais notre confiance est sainte ;
Nous irons comme Dieu voudra,
Jusqu'au bout, sans trouble et sans crainte.
Vive la France ! *Alleluia !*

Qui donc a parlé de défaite ?
Pas un de nous n'hésitera.
L'heure n'est pas à la retraite ;
Nul clairon ne la sonnera.
Aucun n'a perdu l'espérance ;
Nous sauverons l'honneur sacré,
L'honneur chrétien de notre France.
Regina cœli, lætare !

Quiconque a peur et n'ose, arrière !
Debout, debout, les fils de Dieu !
Faisons flotter notre bannière
Au soleil d'or, sous le ciel bleu.
Haut la croix ! Honte au pâle traitre
Qui lâchement la renia.
L'aube d'un jour meilleur va naitre.
Vive la France ! *Alleluia!*

En ces jours-ci, la lutte est dure.
Il faudra combattre longtemps.

En avant ! La victoire est sûre ;
Elle est au cœur des combattants.
Qu'importe au chrétien, s'il succombe ?
L'espoir en nous est bien ancré.
Le Christ vivant vaincra la tombe.
Regina cœli, lætare !

La foi n'est pas tuée encore.
Laissons la haine aux oppresseurs :
L'âpre rancune les dévore ;
Nous, ayons l'amour dans nos cœurs.
Eux sont la mort, soyons la vie.
N'ayons qu'un but, la vérité...
Tout pour l'Église et la Patrie,
Pour le Christ et la Liberté.

1881.

TABLE

Paris. — Typ. Pillet et Dumoulin, 5, rue des Grands-Augustins.

BRAY ET RETAUX

LIBRAIRES-ÉDITEURS

82, rue Bonaparte, Paris.

———— ❧ ————

SAINTE CÉCILE, poème tragique, par M. le marquis de Ségur. (*Ouvrage couronné par l'Académie française.*) 4ᵉ édition. 1 beau vol. in-18 raisin.   2 fr.

Mgr Dupanloup a écrit à l'auteur de *Sainte Cécile* : « Vous n'avez rien fait de plus noble, de plus grand, de plus pur. Il y a là des scènes admirables, des vers de la plus parfaite beauté, l'élévation, l'héroïsme des sentiments et des pensées, la vivacité saisissante des dialogues, une lumière, une flamme qu'on n'avait pas revue depuis *Polyeucte*.

VIE DU COMTE ROSTOPCHINE, gouverneur de Moscou en 1812, par M. le marquis A. de Ségur. 2ᵉ édition. 1 beau vol. in-18 jésus.   3 fr. 50

« La vie du comte Rostopchine, est-il dit dans la *Revue des Deux-Mondes*, renferme des documents inédits et très curieux sur la vie publique et privée du célèbre gouverneur de Moscou, sur ses rapports avec Paul Iᵉʳ, sur son rôle pendant la campagne de 1812 et sur la part qu'il prit à l'incendie de la vieille cité moscovite. Des portraits tracés par Rostopchine lui-même en 1816 et 1817, pendant son séjour en Allemagne et en France, des anecdotes piquantes et dramatiques, des jugements remarqua-

bles sur la Restauration, extraits de sa correspon-
dance, des appréciations du caractère français, trop
vraies aujourd'hui comme il y a cinquante ans,
malgré leur sévérité, ajoutent à l'intérêt de cet
ouvrage, auquel les désastres récents de l'invasion
prussienne et de l'incendie de Paris donnent un
caractère d'actualité. »

DEUX ANS AU SE-TCHOUAN, par l'abbé L. Vigneron, ancien missionnaire, membre de la Société
de géographie. 1 beau vol. in-18 jésus, orné de
nombreuses gravures et d'une carte.   3 fr. 5o

La Chine centrale est très peu connue. Aussi lira-
t-on avec grand intérêt les pages animées dans les-
quelles M. Vigneron raconte ce qu'il a vu pendant
les deux années de son séjour au Se-Tchouan. Les
formes du langage et du style, les grandes fêtes, le
mariage, l'appareil de la justice et la forme si origi-
nale de ses sentences, les qualités et les travers du
peuple, les théâtres, etc., tout cela est présenté avec
une vivacité de couleur qui rend la lecture du livre
on ne peut plus attachante.

ROLAND, drame en quatre actes, en vers, par
M. M. Calmon. 1 vol. in-18 raisin.   2 fr.

OUVRAGES DE Mme MARYAN

Ce qui me plaît dans les écrits de Mme Maryan,
c'est que jamais l'argent, le misérable argent n'est
le but de son livre. Dans la plupart des romans
modernes, l'héroïne voit les millions récompenser sa
vertu; Mme Maryan, qui connaît le monde, sait à quel
point les millions sont impuissants pour le bonheur

car ils n'achètent ni les affections, ni la paix, ni la santé, ni le goût du bien, qui sont les éléments de la vraie félicité ici-bas.

C. *Advenier.* -- *Bibliographie catholique.*

ANNE DU VALMOET. 1 vol. in-18 jésus. 2 fr.

EN POITOU. Scènes de la vie de province. 1 vol. in-18 jésus. 2 fr.

L'HÉRITAGE DE PAULE. 1 vol. in-18 jésus. 3 fr.

KATE. 1 vol. in-18 jésus. 2 fr.

LADY FRIDA. 1 vol. in-18 jésus. 2 fr.

M^llo DE KERVALLEZ. 1 vol. in-18 jésus. 2 fr.

PRIMAVERA. 1 vol. in-18 jésus. 2 fr.

LES PUPILLES DE TANTE CLAIRE. 1 vol. in-18 jésus. 2 fr.

LES RÊVES DE MARTHE. 1 vol. in-18 jésus. 3 fr.

LE ROMAN D'UN MÉDECIN DE CAMPAGNE. 1 vol. in-18 jésus. 2 fr.

ROSA TREVERN. 1 vol. in-18 jésus. 3 fr.

OUVRAGES DE M. BATHILD BOUNIOL

LA FRANCE HÉROIQUE, vies et récits dramatiques d'après les chroniques et les documents originaux. Sixième édition, corrigée et considérablement augmentée. 4 vol. in-12. 10 fr.

LE MÊME OUVRAGE. 4 vol. in-8. 20 fr.

Un grand nombre de journaux et de revues se sont

plu à louer la *France héroïque*. Nous nous bornons à reproduire un extrait du *Journal général de l'instruction publique*, qui a su en peu de lignes faire ressortir toutes les qualités de cet ouvrage :

« M. B. Bouniol vient de publier un excellent livre que l'on peut recommander à la fois aux pères de famille, aux jeunes gens et aux professeurs. C'est sous une forme dramatique, tantôt dialogue, tantôt portrait, tantôt page historique, tantôt épisode qui ressemblerait à un roman si l'on ne savait que les faits et les personnages sont rigoureusement exacts, une revue vivante, colorée, des plus beaux traits de notre histoire ; une galerie de nos grands hommes, de nos capitaines, de nos rois, de nos soldats même qui ont fondé, élevé, ennobli cette nation française si justement appelée la *grande nation*. »

Les Marins Français, suite et complément de la *France héroïque*. Vies et récits dramatiques d'après les documents originaux. 2 forts vol. in-12.   6 fr.

Les Rues de Paris. Biographies, portraits, récits et légendes. 3 beaux vol. in-8.   . 15 fr.

Le même ouvrage. 3 vol. in-12.   9 fr.

Histoire du comte de Chambord, par un Homme d'État. 1 vol. in-18 jésus de plus de 250 pages.   1 fr.

Remises pour la propagande : 12/10 ; 25/20 ; 140/100.

Cette biographie est exempte de polémique ; c'est un récit impartial : on y relate des actes et des paroles qui appartiennent à l'histoire et auxquels aucun

Français, quelles que soient ses convictions, ne peut rester ni étranger, ni indifférent.

L'auteur n'a eu qu'un but : présenter au public le comte de Chambord tel qu'il est. Chacun saura ainsi quel est le chef d'État dont il appelle ou repousse l'avènement avec une Constitution révisable et une Chambre de députés renouvelable en 1881; il est d'une extrême importance que les électeurs n'attendent pas le dernier moment pour s'éclairer sur la portée de leurs votes, d'où dépendront peut-être les destinées de la France.   (*Préface de l'auteur.*)

VOLTAIRE, SES HONTES, SES CRIMES, SES ŒUVRES ET LEURS CONSÉQUENCES SOCIALES, revue historique et critique au sujet du centenaire projeté, par Armel de Kervan. 1 vol. in-18 jésus. 2 fr.

QUATRE-VINGT-NEUF ET SON HISTOIRE, documents authentiques, par le même. 1 fort vol. in-18 jésus.   3 fr. 50

PILLET ET DUMOULIN

P&D

IN SUDORE VULTUS TUI

IMPRIMEURS

RUE DES GRANDS-AUGUSTINS

PARIS

PILLET ET DUMOULIN

IN SUDORE VULTUS TUI

P&D

IMPRIMEURS

RUE DES GRANDS-AUGUSTINS

PARIS